縄文人と生きる

ややまひろし

歴史春秋社

はじめに

　若いときから私はさまざまな文学賞、漫画賞、ネーミング、標語などに応募した経験があるが、ひとつとして賞に入ったことがない。

最近は自分のことを「賞がない男」と自嘲している。

それなのに私は二つの「漫画大賞」の審査委員長をしている。

何百と集まった作品の中から他の審査員と一緒に大賞を選んでいくことになる。

そして最後に二点か三点、優秀な作品が残る。どれを大賞にしても恥ずかしくない作品だが、苦渋の決断をし一点にしぼらなければならない状態がやってくる。そのときは非常に悩む。他の審査員に意見を聞きながら、また主催者の意向を考えながら、そして時代の流れを視野に入れて、迷いながらも一点の大賞を決定していく。

そのときの作者の運の強さも大きく左右してくる。

もちろん他の作品は全てボツとなる。運が無かったのだ。

私はボツばかり経験しているから、賞に入らなかった人の気持ちは良く解る。

最近ボツになった作品が手元に二点残っていた。処分しようと思っていたときに思わぬお金が入った。この機会に本にしようと思い立ち歴史春秋社にお願いして出版してもらうことにした。全国にいる多くの落選者のために落選しても本は出来るんだよと、堂々と叫んでみたかった。

本として出版するにはこの原稿だけではページが足りないのでイラストを入れることになった。時間が無いので、大急ぎで描いてはみたが自分の絵の下手さ加減にがっくりきた。絵の基本も解らず全て独学で描いてきたので、なんとも奇妙なイラストとなった。ある友人が「あまり上手な絵は面白くない。下手な絵の方が面白い し味があるんだよ」と慰めてくれたが、とにかくいい加減なイラストであることは私が重々解っている。

落選した作品と下手な絵をもとに一冊の本に仕上げてくださった歴史春秋社の出版部長の植村圭子さん始め関係者の皆様に厚く御礼申し上げる次第である。

ややまひろし

目次

縄文人と生きる

第一章

巨大な穴

〈一〉

ここはいまから三五〇〇年前の宮畑ムラ。縄文時代後期だ。

東側には阿武隈山地の里山が連なり、栗の木が三〇本程立ち並び林となっている。

右を見ると馬蹄形の広場があり、その周囲に縄文時代の竪穴住居が、広場を囲むように並んでいる。その広場の南ではムラ人が仕事をしている。

長方形布の真ん中に丸い穴をあけ、そこに頭を入れ腰のところを紐で結んだ一人の女が

「クニさん、この土器の模様はどうしたらいいべ？」

クニと呼ばれた小太りの貫禄のある女が

「自分で考えたら、いいべ。その辺にある木や草や石など見れば、何かまとめられっぺ」

同じく土器を作っていた別の女が

「あれ、なんだべ。井戸の中から変なものが出てきた」

作業していたムラ人がいっせいに北側にある井戸に眼をやった。

リュックを背負った男がゆっくり井戸から出ると、リュックを降ろし井戸を背に座り込んだ。かなり疲れているらしい。肩で息を吐き、ムラ人の視線を感じたか、右の方に顔を向けた。そしてギョっとしたように、立ちかけた。

「誰かヌシを呼んでこい！」

や

とクニが大声で怒鳴った。土器を作っていた女が竪穴住居の裏側を走り、北側の一番端にある家に飛び込んだ。少し間をおいてヌシと言われているがっしりした体格の男と、もう一人少しやせ形の男が現れた。

「みんな出て来い。この男を捕まえろ」

と言うと、あちこちから屈強な男たちが現れて、見知らぬ人物を取り囲んだ。

縄文人にしてみれば、まことに変な生き物だった。登山帽をかぶり、長袖のジャンパーを着てジーパンで両足をかくし、スニーカーを履いていた。

男は抵抗する元気もないのか、たちまち縄で上半身を縛られた。

「ぼくは怪しいものではありません」と叫んだが、縄文人にしてみたら、充分怪しい人物に見えた。ヌシは

「三番のサチの家にほうり込んでおけ」

と言うと、一緒に一番の家から出てきたやせ形の男に

「おい、ヒャッカ、その袋を持って一番の家に来い。中味を調べよう」

そして、ヌシが家へ戻り怪しい男が持っていた袋の上の口をなんとか開け逆さにして、中の品物を全部部屋の中に広げた。

タオル、水筒、ペットボトル、ライター、懐中電灯、チョコレート、ビスケット、インスタントラーメン、Tシャツ、胃薬、目薬、カットバン、睡眠薬などが袋から出てきたが、ヌシとヒャッカにとっては見たことも無いものばかり。

ヒャッカは、ヌシの参謀というか知恵袋らしく、好奇心に満ちた理知的な眼をして、ひとつひとつ興味深く眺めていた。

「明日、あいつを連れてきて、いろいろ聞いてみましょう」


〈二〉

怪しい男は村の北側から三番目の竪穴住居に入れられた。中には縄文人にしては美形の若い女がいた。

腹が大きく出ており、どうやら妊娠しているらしい。最初、女はおびえた顔をしていたが、

「あなた、変な格好をしてますね。どこから来たの？」

「ぼくにも良く解らないのです。頭の整理がついたら話します。それより、あなたのことや、このムラのことを知りたいのですが」

「私はサチと言います。このムラの親方はヌシと言い、本妻はクニと言います。私はヌシの二号夫人です。歳は約一七歳です。ヌシとクニは約三〇歳でこのムラの平均寿命になっています」

「ヌシと一緒にいたやせ形の人は？」

「多分、ヒャッカのことだろうと思います。このムラのこと、この他のムラ、相馬とか黒岩などのムラも知っています。知恵のある人でヌシは何かにつけてヒャッカと相談しています。あなたを捕まえて、ここに連れてきた人はリキと言って力持ちです。狩りをしたり木を切ったりするときはこのリキが一番頼りになります」

「ありがとう。このムラのことが大体理解出来たような気がします」

「ところで、あなたは何者ですか？」

「先程、サチさんは黒岩というムラがある、と言っていましたが、それで思い出しました。私は福島市黒岩に住んでいる者です。黒岩には沢山の縄文遺跡があります。スーパーのいちい南店、ダイソー、マツモトキヨシ、ツタヤなどがある所はみな縄文遺跡のあったところです」

「おっしゃっていることが全然理解出来ませんが」

「ごもっともです。どうやら私はタイムスリップをして三五〇〇前の宮畑に来たようです。つまり私は遠い未来からここに来たようです」

「どうやって来たんですか。あなたの言うことは解りません」

「そうでしょう。私は一九七五年に生まれ、いま四〇歳独身です」

「四〇にしては驚く程若く見えます。信じられない。それに一九七五ってなんですか」

「キリストという神様が生まれてから数えて一九七五年過ぎて私が生まれたという

ことです。と言っても解らないだろうと思いますが」

サチの頭はだいぶ混乱してきたようだ。

「どうしてあなたがここに来たかもはっきりしない」

「そう、だんだん思い出してきました。私は里山をぶらぶら歩くのが趣味なんです。里山といってもあなどってはいけません。私は慎重な性格ですから、一応、登山用品を入れたリュックを背負って歩いているんです。その日は日曜で休みでした。アパートを出て、近くの大きな農家の前を通りました。前から気になっていた古井戸があるんです。私はあたりを見て誰もいないことを確かめ古井戸の竹で編んだ蓋を取り、中を覗き込んだのです。よせば良かったのですが、どうも好奇心が強くて、しばらく覗いていたんです。そしたらスーっと意識が無くなって私は井戸の中に吸い込まれたらしいのです。しばらくして気が付いたら井戸の中だったので、よじ登って外に出てみたら周りの様子が全然違っていたんです。私はびっくりすると同時にぼうぜんとしていました。そしたら見知らぬ人々が私を捕らえたのです」

男は思い出したように一気に語りだした。それを唖然と見ていたサチが
「あなたが三五〇〇年後の人間だなんて、とても信じられませんわ。でも髪はきちんとしているし、髭もはえていない。ヌシは身体全体が毛深いのに。それにあなたは身体にぴったりの衣服をまとっている。三五〇〇年後の人間がどういう身体になっているのか知りたいわ。縄を解いてあげるから、ちょっと見せなさいよ」

サチは男を縛っていた縄を解きながら
「そういえば、あなたのこと何て呼べばいいの。名前はあるんでしょう?」

「失礼しました。私は阿武川縄太郎と言います」

「変な名前ね。それにしても長たらしいわ。ジョータと呼んでいい?」

「はい、短くていいですね。西洋人になったみたいだ」

「何よ、西洋人って?」

「ここは日本という国で、島国なんです。この宮畑は日本の北の方にあります。西洋人は日本から遠く離れたところに住んでいる人々です」

「いいから、早く脱ぎなさいよ」
サチの言葉に観念したのか縄太郎はジャンパーを脱ぎ、チェックのシャツも脱いだ。そして丸首の下着も脱ぎ始めると
「すいぶん、いろいろ着ているのね」
とサチは感心する。そして縄太郎が上半身裸になると
「きれいな肌をしているのね。毛も生えていない。ちょっと触っていいかしら?」
サチは近づいてきて、縄太郎の胸や腕を触った。
「柔らかいわ。人間って年月が過ぎると、こんなに変わってしまうのね」
サチは
「私の身体も見せてあげる」
と腰の紐をほどくと、一枚の布を上にあげ首を通し、あっという間に上半身裸となった。大きい胸が揺れていた。縄太郎は一瞬、抱き締めてみたい、と思ったが、もともと草食系の男子だし、下手をすると明日殺されるかも知れない、と思うとそ

の気も失せた。

縄太郎は急いで服を着ると
「早く、前のとおり私を縛ってください。見つかったら大変だ」

とあわてたが、サチは笑いながら
「意気地がないのね」

と言いながら元どおりに縄を縛り直した。

「明日は、どうなるか分からないんだから、ゆっくりお休み」

と言うとサチは干し草を敷いたような寝床に横たわった。

〈 三 〉

ヌシとヒャッカはヌシの一番の住居にいた。

リュックの中の品物を広げたが、チンプンカンプンで全然理解出来なかった。

ヒャッカは白いタオルを手に取り
「こんな柔らかい布は初めてだ。どうやって織り上げるんだろう」

と首をかしげた。

また、ヌシは懐中電灯を取り上げて、あちこちいじっていたが、そのうちスイッチが入り電気がついて光った。二人はびっくりして飛び上がった。

そしてヒャッカがチョコレートの紙を破ると、美味しそうな匂いがした。

「これは食べ物でしょうか」

とヒャッカはヌシの顔を見た。

「食べてみましょうか」

少しかじってみると、ぺっと吐き出した。

「変な味ですよ。食べ物としたら、あの男はおかしなものを食っているんですね」

ヌシはヒャッカに向かい
「とにかく明日あの男を呼び出して、ひとつひとつ聞いてみよう」

〈四〉

次の日、縄太郎は縛られたままヌシとヒャッカのいる家にリキに連れられてやってきた。後ろにサチもついてきた。

「縄をほどいてやれ」

とヌシが命じるとリキは縄をはずした。

「お前は我々と戦う元気もなさそうだから、話を聞こう。お前の名前は？」

「阿武川縄太郎です」

サチが後ろで話を聞いていたが

「私、昨夜、彼から話を聞いたから、かいつまんで話すわ。いいでしょ？」

「なんだ、お前が話を聞いていたのか。分かりやすく話してみろ」

「彼は阿武川縄太郎って言う変てこな名前なんだって。ジョータと呼んでいいそうよ」

「どこから来たんだ。それが知りてぇな」

「頭が混乱しないように聞いてよ。このジョータはいまから三五〇〇年後の世界から迷いこんだんだって。場所は私たちと交流のある黒岩らしいわよ」

「馬鹿なことを言うんじゃねぇ。いまは、いまだ。未来だなんて考えられねえよ」

ヒャッカも
「そんな夢みたいなこと、俺の頭でも考えられねぇよ」

「着ているものだって、私たちには想像もつかないでしょう?服に腕を入れるところが付いていているなんて、誰も考えつかなかったでしょう。それがちゃんと出来ているのよ?足だって両足が別々に入るようになっているのよ」

ヌシとヒャッカが感心したように縄太郎を見つめていたが
「これは何だ。昨日、この丸くて棒のような物をいじっていたら、いきなり光りが出てびっくりした」

縄太郎が

「これは懐中電灯と言って暗くなったときに見えるように明るくする機械なんです」

縄太郎が懐中電灯を受け取り、スイッチを入れると突然光った。一同びっくりして呆然としている。

そこに本妻のクニが入ってきた。

「なにを大きな声で騒いでいるんだよ」

と言ったが電灯の光りを見て腰を抜かした。

「この男は魔法使いかい?」

「ひょっとしたら我々の知らない国から来た神かもしれんな。とにかく油断しないよう様子を見てみることにしよう。利用するところは利用してこのムラを暮らしやすいところにしよう。ヒャッカ、お前をこのジョータの見張り役とする。明日からこの者の術を拝見することにしよう。みんな文句はないな」

とヌシはリーダーの貫禄を見せて、みなを納得させた。

〈 五 〉

翌朝、三〇軒程ある竪穴住居から、作業場となっている広場にムラ人が続々と集まってきた。竪穴住居には北側から番号が付けられている。一番がヌシとその家族、ヒャッカも一緒に住んでいる。ヌシの側近だからだ。ヌシの本妻のクニも一緒だが、クニは特別に二番の住居を与えられている。女たちをまとめ、様々な生活の道具を発案し、より良い暮らしをするための工夫をこらす場所でもある。三番はヌシの二号夫人としてサチが住んでいる。四番以降は住民のそれぞれが家族と共に暮らしている。

広場にはほとんどの女たちが集まって来た。もちろんヒャッカとサチも参加し、縄太郎も加わっている。土器を作っている者、植物の繊維を細かく裂いている者、それを布に編んでいる女もいる。サチは大きな腹をしているのでみんなのする仕事を立ったまま見つめている。縄太郎もすぐそばに立って興味深く見つめている。

ヒャッカは何をしているのか、と見ると板状の真ん中に枯れ草を細かくしたものや小枝の小さいものを盛り、細めで先の尖った棒を板に刺しクルクルと回し始めた。しばらくすると、煙りが出てきた。それでも必死で回し続けるとボッと火が付いた。次第に炎が大きくなりヒャッカはニンマリすると次々に小枝や木の枝を足していき炎を大きくしていった。

それを見ていた縄太郎は

「器用なものですね、ヒャッカさんは」

「毎日のことですから」

「私なら一瞬にして火を起こせますよ」

「まさか、そんなことは」

「ちょっと待ってください。一番からライターを持ってきますから。マッチもあったと思うけど」

と言いながら縄太郎は走って行った。

そしてライターを手に持ち広場に戻ると

「みなさん、ちょっと集まってください。すぐに火を起こしますから」

一同が集まったところで縄太郎がライターのスイッチを押すと、ボッと火が付いた。

「なんだこれは」

とみんな眼を丸くして驚いた。一番驚いたのはヒャッカだった。

「マッチもありますからこれも見てください」

ポケットからマッチを取り出し、箱の中から細い棒を取り出すと、箱の脇にある焦げ茶色の部分で棒の先の赤い部分をこすった。すぐ火が付いた。

「これはいままでお世話になったお礼にヒャッカさんにプレゼントします」

「こんな凄いものを頂いて、どうもありがとう。これがあれば、他の仕事も沢山出来ます。なんということだ、こんなことが出来るとは。わしには考えもつかない」

すると一番からヌシとクニの長女・ミヤが出て来た。昨夜、縄太郎が不思議な術を見せたのでかなり縄太郎に興味があるらしい。姿を現し縄太郎に擦り寄って来た。

「ミヤさんはいくつになったの？」

「よく分かんないけど一〇歳位かな」

それにしては大人びている。この時代、早く大人にならなければ生きていくことは難しいと思われた。縄太郎がミヤの頭をなでていると、サチの様子がおかしい。

そのうちサチは顔をゆがめ
「おなかが痛いよ！」

と叫んだ。

「生まれそう」

と言って腹をおさえているとすぐ三人の女が駆け寄ってきて両肩を支えるようにして三番のサチの家に入って行った。

ミヤは大人っぽい口調で縄太郎に
「生まれても一歳にならないうちに死んでしまう子が多いのよ。私なんか運の良い方だわ。一〇歳まで生きられたんだから」

「お産のときはどうするの？」

と縄太郎がミヤに聞いてみた。

「誰かセンを呼びに行っているはずよ」

「センって誰なの？」

「森の奥に一人で住んでいる女の人で、予言をしたり、祈ったり、祠を司どったりする人なの。まあ、このムラでは変人ね。宇宙の人と話が出来るって噂を聞いたことがあるわ」

「産婆さんはいないのか。それにしてもどうやって産むのかなあ」

「わたし、ムラの女の人が産む姿を見たことあるけど、柔らかい枯れ草の上に柔らかい布を敷いてね、その上に股を開いて座るの。天井から太い綱をぶら下げておいてね、それにつかまって力むの。周りにいる女の人たちが励ましたり、がんばれーって声をかけたりするのよ」

「なる程ねぇ。元気な赤ちゃんが生まれるといいね。ジョータも祈るよ」

〈六〉

その夜遅く、サチの赤ちゃんはようやく生まれたらしい。体は小さく、いまでいう未熟児だったらしい。縄太郎は縄文の本に書いてあったのを思い出していた。当時は四人生まれても一人位しか生き残れなかった、という。妊婦の栄養状態も良くなかったろうし、衛生面でも問題があった。医療も発達していないしセンのような女性が神に祈りを捧げる、といった方法しかなかったのか。縄太郎も未熟児で生まれたと母に聞いていたが、医療が発達していたから、これまで生き延びられたのだろう、と縄太郎は思い神に感謝した。

その後、一週間程してサチの赤ん坊が亡くなった、ということを聞いて縄太郎は涙した。

赤ちゃんの埋葬の儀式を行うというのでムラ人たちが大勢広場に集まった。森からセンが現れ、テキパキと指図をし祭壇を作った。すると一人の女が土器棺を持って来た。

「あれは赤ちゃんの遺骸を入れる埋設土器ですか？」

と縄太郎は隣にいるヒャッカに聞いた。

「子供の死亡率は大人の三倍もあります。困ったことですが、しかたがありません」

センが土器に赤ちゃんの遺体を入れると祭壇の上に飾り、何か分からない呪文を唱え始めた。一同、その間頭を下げて祈った。

儀式が終わるとヌシとサチが埋設土器を持って、北側にある埋がめ地に運んだ。ここには多くの幼児の入った土器が埋められている所のようだ。みんなで祈りを捧げると各人の家に帰って行った。サチはお産の疲れと子を亡くした哀しみで血の気の失せた顔をしていた。

縄太郎はそばに行って慰めようとしたが、どのような言葉をかけて良いのか分からず、ただ、見守っただけだった。

〈七〉

一週間程過ぎたある日、センがヌシのところにやって来た。

「昨日ね、なんか不思議な予感がしてね、人の来る気配を感じたのよ。神を呼んで調べてくれって頼んだの。そしたらね、相馬の方から、ノマという男とその連れが背中にいっぱい荷物を背負って、こちらに向かっているというのよ。お知らせだけしておくね」

とセンが言うとヌシはうれしそうに

「そうか、ノマが久しぶりにやって来るか。多分、塩と干物を持ってくるんだろう」

と頷いた。ヒャッカが

「こちらでも何か交換出来るものを用意しなければなりませんな。リキに頼んで猪かウサギの肉を用意いたしましょう。それと栗の実とどんぐりの実などは、いかがでしょう」

や

「そうだな、じゃあお前にまかせるから頼む」

「おっと、それから阿武隈川の周辺から採れたアスファルトがまだ残っていたな。それもやればノマも喜ぶだろう。接着剤としては便利なものだし、土器や土偶などの接合にも役に立つしなあ」

ヒャッカはリキのところに行き、いろいろ打ち合わせをしたようだった。


三日後、ノマとその連れが重い荷を背負い宮畑に姿を現した。

「宮畑はこの前来たときと全然変わっていないなあ。ここはのんびり時間が流れているようで、気持ちが休まるなぁ」

とノマは背伸びをしながら言った。

二人を見つけたリキがヌシのところへ知らせに行った。

ヌシは一番の家から姿を現すと、ノマを見つけ
「いやぁ、遠いところお疲れさまでしたなぁ。まぁ、家に入ってお茶でも飲んでく

だされ」

　本妻のクニも出てきて果物をしぼったジュースを小さい土器に入れて持ってきた。

「何もございませんが、これで一服してください。夜はお酒とリキの採ってきた猪の肉を焼きましょう」

「いやいや、何もおかまいくださるな」

　一服すると
「それでは商談に取り掛かりましょうか」

と言いながら、荷物を解き始めた。そして大きい塩の袋を三個、干物の入っている袋を二個取り出した。

「宮畑さんは何を」

とノマが促すと、ヌシがリキに眼で合図した。同じような大きさの袋には栗の実が、もうひとつの袋にはどんぐりの実が詰まっている。この他に猪と熊の肉をいぶしたものをゴロリとゴザの上に広げるとリキは両手を軽くたたいた。
それを眺めながら、ノマはしばらく考えていた。そして
「我々は遠い相馬から貴重な塩を運んできたんだ。運び賃がかかっている。これでは納得しがたいなぁ」
とつぶやいた。ヌシもしばらく考えて、クニに向かって
「お前の作った飾りものがあったろう」
と言うと、しばらくして二番の家から首飾りを一〇個程持ってきた。クニは
「これは阿武隈川の流域から拾った美しい小石や流木をつないで作ったものなのよ。相馬の女たちが喜ぶんじゃないの」
と付け加えた。
「冗談言っちゃいけないよ。相馬は海の国だ。浜辺や海の中には美しい石や貝がごろごろしている。浜の女たちは眼が肥えているんだ。こんなもんじゃ、だまされないよ」

「そうか、それじゃ阿武隈川に上ってきた鮭の塩漬けはどうだ」

と半身にした塩引き鮭を取り出した。

「海の者に鮭とは笑わせるが、まあ、これで手を打つか」

商談は成立した。

「じゃあ、これから山のものをつまみに一杯やるか。今夜はゆっくり酒を飲んで泊まっていってくれ。さぁ、酒の用意をしてくれ」

とクニに命じた。


酒の宴が始まった。かなり酔いがまわった頃、ノマが語り始めた。

「浜のムラではいま、海にちなんだ物産を開発して商売にしようとしている。例えば魚の骨を砕いて粘土にまぜ、丈夫な土器を作ろうと取り組んでいる。形、模様などいままで無かったような新しく、かつ美しいものを作りつつある。そして他国の人々を呼んで、浜の観光名所を案内するガイドの教育も始めたんだ。宮畑さんを見ているよ。全然昔と変わっていないよ。これでは時代に取り残されるよ」

「余計な口出しをするんじゃねえよ。宮畑は宮畑で、いろいろ考えているんだ。未来のことまでくわしく知っている人材も加えたんだ。浜の連中には負けないよ。予言の出来るセンもいるし、この女は宇宙人とも話せるんだ。いま着々と準備をしているところだ」

「そいつぁ、楽しみだな。口だけじゃないだろうな。期待しないで良い知らせを待ってるぜ」

ノマと連れの者は一泊して、翌朝宮畑を離れ浜に戻って行った。


〈八〉


ノマから火を付けられたヌシは早速、行動を開始した。

「宮畑創成企画委員会を立ち上げよう」

「会員はどう致しましょう」

　とヒャッカが聞く。

「俺が委員長、クニとヒャッカを副委員長にしよう。あと誰が良いと思う?」

「そうですね、長女のミヤさんも物事を冷静に考えられる人ですから加えたほうが良いと思います。建築、技術面ではリキも良いと考えます。それに予言者のセン。それとセンに頼んで宇宙人も加えたらどうでしょう?」

「うまく呼び出されれば良いが」

「とにかく頼んでみましょうそれに宮畑の最長老のジジを加えたらどうでしょう?六〇歳ですが永年生きてきた知恵を持っていると思うのですが」

「なる程、よたよたしているが、知恵は持っているだろう」

「それに忘れてはならないのは未来を知っているジョータですね」

「よし、決まったな。三日後にここで第一回の会議を開こう」

〈 九 〉

縄太郎は三番の家にサチとサチを世話する二人の女と住んでいた。一昨日、ヌシから連絡が入って、「今日、太陽が昇ったら一番のヌシの家に集まってくれ」と言われていた。

朝になり縄太郎がヌシの家に向かおうとしたら、センと連れだって不思議な雰囲気の人がいた。センは縄太郎を見付けると

「ジョータ、私と非常に波長の合う宇宙人を紹介するわ」

縄太郎はびっくりして、まじまじとその宇宙人を見た。アンテナの付いた変な金属製の帽子をかぶっていた。そして縄太郎と同じような洋服を着ている。すると宇宙人が握手を求めてきた。縄太郎も思わず右手を出した。柔らかい手の感触だった。そのとき、宇宙人の洋服に触れてみた。シルバーの金属のようであるが、非常に柔軟性にとんでいる。

「ワタシはあなたの時代の福島市飯野町の千貫森に基地を持っています。飯野町はＵＦＯの町として町おこしをやっていますね。ジョータさんは良くご存じかと思います。センさんとはなぜか交信が出来るようになったのです。この人に頼まれるとイヤとは言えません」

縄太郎は驚いた。この宇宙人は二〇一五年のことまで知っているのだ。すっかり気に入ってしまった。三人は連れだって一番のヌシの家に入った。

家へ入るとほとんどのメンバーが顔を揃えていた。一〇分位過ぎて、よたよたと枝の杖をついてジジと呼ばれる老人が入ってきた。

「みなさん、お待たせしました。こんな年寄りがまざってもいいのかのう。最近、耳も遠いし、はっきりと発音も出来ない。みんなの速さについていけるかどうか心配じゃ」

「大丈夫だよ、ジジの知恵が借りたいだけじゃ」

とヌシは気持ち良くジジを迎え入れた。

「さて、何から始めようか。リキ、観光面ではどうだ」

「そうですねぇ、我々が植林して作り上げた栗の林ではないでしょうか。これ程整っていて、しかも栗の生産量が豊富で安定しているというのは、他に無いのではないでしょうか」

「他には?」

「山から水を引いて作った生活用水。この水はきれいです。捕ってきた獲物や野菜を洗い、使った土器などを洗うのに、とっても便利です。それにこの小川を見ていると心が休まります」

「もっと無いのか」

「おっと、忘れておりました。宮畑に建築した我々の住む竪穴住居です。四六棟が、秩序を持って整然と並んでいます。この建築技術も素晴らしいと自負しております」

「なる程、ジジの考えはどうだ」

「そうだのお、わしの見るところでは、このくらいの観光資源は他のムラでも多少の違いはあるとしても、それ程自慢することではない」

と長老だけあって、長い体験から厳しいことを言う。ヌシは今度はクニに向かって
「物産関係はどうじゃ」

「女たちの作った土器かな。縄模様を付けた土器は沢山作ったが、あまり変わりばえがしない。いま考えているのは、もっと大胆な形と上部に燃え上がるようなデザインを考えている。あとは、骨と石と木の実を使った装飾品、首飾りや耳飾り、腕輪などかなぁ」

横からリキが口を挟んだ。

「おれは、新しい道具を考えている。狩りに使う道具、土を掘る道具、畑を作るための小さな道具ではなく、もっと大きな作業の出来る道具だ」

「出来そうか？」

「何とか考えてみる」

ヌシは長女のミヤに向かい

「お前は何か考えているのか」

「そうねぇ、美味しい料理を作ることだと思う。おいしいものがある、という評判が立てば人々が遠くからでもやってくる。それには、調味料だね。わたし、山に入って、なにかステキな味のする薬草を探してみるわ」

　その話を聞いてヒャッカが
「いいですね、薬草でヒントを得ましたが、薬を開発すれば凄いですよ。腹が痛いとき、頭が痛いとき、気分が勝れないとき、怪我をしたとき、それらが作れれば人々は寄ってきます。ミヤさん、さすがです」

　と長女をほめる。ミヤは、はにかんだようなほほ笑みを浮かべた。

　センは黙っていたが、突然
「大きな柱が見えます。天に向かって伸びています」

「ほう、宇宙人は何かありますか」

「イマノ　トコロ　ナニモ　アリマセン。ミライ　ガ　ミエマス　ガ、ソノ　ザイ

リョウト　ギジュツ　ヲ　アナタガタハ　モッテ　イマセン」

「最後にジョータの意見を聞こう」

ヌシは期待を込めた眼差しで縄太郎を見つめた。


〈一〇〉


「そうですねぇ。結論からいうと祭りを起こすことじゃないでしょうか」

「この宮畑では祭りはしょっちゅうやっているわい」

とジジが言うと、ヌシもセンもミヤも頷いた。

「そういう小規模の祭りではないんです。もっと大掛かりな福島県や栃木、宮城まで巻き込むような大きな祭りです」

「何だその福島、宮城とは」

「三〇〇〇年以上過ぎた、土地の名前です。とにかく遠くにある地方からも人々を呼んで来ようという作戦です」

「なんで、そんなことを考えるんだ」

　とヌシが問いただす。

「まず、ひとつはみんなに長生きをしてもらいたいからです」

「というと」

「私がここに来て驚いたのは子供が生まれても、すぐに亡くなってしまうことです」

「それは、しょうがないだろう」

「いいえ、このムラとか近くのムラ同士で結婚するのが多いからだと思います。同じような遺伝子の組み合わせだと、病気になりやすいのです。なるべく違った組み合わせの遺伝子の方が抵抗力のついた子供が生まれます」

「お前は時々訳の分からんことを言うな。遺伝子だなんて聞いたことねぇ」

「男と女が交わると生命が誕生します。そのときの身体を作る設計図を遺伝子と言ったらいいでしょうか」

「だから？」

「なるべく遠くの人と交わった方が丈夫な子供が出来るんです。だから、遠くの人々を集める祭りが必要なんです」

「その他には？」

「もうひとつは宮畑が豊かなムラになることです。遠くから人々が集まってくると同時に、各地の物産が集まり、この宮畑が暮らしやすい豊かなムラになってゆきます」

「それには、どうすればいいんだ？」

とヒャッカが口を出す。

「そうですねぇ、いままで見たこともないような大きなモニュメントを造ればいいと考えます」

「なんだ、そのモニュメントって」

「歴史に残るような、どでかい記念碑です。分かりやすく言うと、大阪万博のときの岡本太郎の造った太陽の塔のようなものです」

「また、分からないことを言う。誰も知らねぇよ」

「ごめん、ごめん。大きな穴を四カ所掘り、そこに柱を立てます。その上に印象に残るようなデザインの構築物を造るのがいいと思います。デザインは私が考えてみます」

「なんだか良く解からねえが、考えてみてくれ」

「ところで、デザインを考えるのに宮畑にある材料、道具、技術などが解らないと考えられません。どなたに聞けばよろしいでしょう」

「材料、道具はリキ、技術はヒャッカがいいでしょう」

と長女のミヤが言ってくれた。

「では、リキさん。地面を掘る道具は何がありますか」

「石と木で作った掘り棒、木で作ったスキ、クワなどかな。それに土を運ぶもっこ、脊負子、荷車、ソリのようなものがある」

「材料はどうでしょう？」

「栗の木なら我々が育てたものがある。栗なら太いのから細いのまでいろいろ揃っている」

とヌシが口をはさんだ。

「高さはどの位あるでしょう。根元の太さは直径どれくらいかな」

「そんなこと言われても見当が付かないよ。ジョータの眼で確かめるしかあるまい」

縄太郎は外に出ると、栗林に走って行った。なる程、良く手入れがしてある。直径は八〇《センチ》はありそうだ。高さも大きいのは二〇《メートル》はありそうだ。なんとかなる、と縄太郎は思った。

そして一番の家に戻ると
「大体、解りました。これからデザインを考えてみます」

と言った。こうして第一回の会議は終わった。

縄太郎は三番のサチの家の片隅を借りると、リュックからスケッチブックと鉛筆を取り出し会議で話したモニュメントのデザインを考え始めた。

「まず、九〇《チセン》位の大きな穴を四つ掘って、そこに太い柱を立てる。二階と三階に床を張り、柱の先端の方は、根元の四角より狭くする。その上に縄文人の顔をデザインしたものを取り付ける。三階の床のあたりから、羽を広げたようなものを左右に取り付ける」

縄太郎はブツブツ言いながら、デザインを完成させていった。

〈一一〉

翌日、一番の家にヌシ、クニ、ミヤ、ヒャッカ、センが集まっていた。宇宙人は気分が悪いとかで、来ないという。

しばらくしてリキが駆け込んできた。

「道具が足りないんで、いま若い者に作るよう命じてきたとこだ。ジョータ、デザインとやらは出来たのかい。あんまり難しいのは出来ねぇよ」

「大丈夫でしょう。リキさんの腕ならば」

「おだてんでねぇよ」

と言いながらも、自信ありげな顔をしている。

縄太郎は、みんなの前にデザイン画を広げた。

クニはまず紙と鉛筆に驚いた。

「こんな道具を持っていたのかい。凄い、この塔が眼に見えるようだ。素晴らしい。なんでこんなものが考えられたんだ。聞かせてくれ」

「遠くからでも、あそこが宮畑だ、と分かるようなものを作りたいと思いました。高さは二〇メートル位にします。その頂上にヌシの顔を乗せます」

縄太郎はデザイン画を見せながらムラ人に説明し始めた。

「両手を上に広げたようなところの材料は何がいいんだ」

とリキが考えるような顔をしてヒャッカの方に顔を向けた。ヒャッカは
「竹はどうだろう。火にかざして曲げられるし骨組みは太い竹で形を整え、中は竹

を細く裂いたものを使おう。風が通るように隙間を作っておかないと折れるか飛ばされる危険性があると思うから」

「なる程、ではオレは栗の木と竹を用意しよう」

「穴を掘るのは手の空いている人、全員で作業しよう」

とヌシが命じた。そして縄太郎に向かい
「穴の場所と大きさはジョータが決めてくれ。場所は北側の空き地にしよう」

〈 一二 〉

翌日、縄太郎は北側の空き地で、右手をあごにあて、しばらく地面をにらんでいたが、穴の中心点に細い枝を刺し、それを四カ所決めた。そして枝に紐を結び、五〇《センチ》位のところにもう一つの枝を取り付け、ぐるりと回して直径約一《メートル》の円を描いた。同様な作業を繰り返し四カ所の穴を掘る場所を決めた。ムラの人々はみな集

まって縄太郎の作業を見ていた。四つの円が出来るとムラ人がいっせいに歓声をあげた。ヌシが

「それでは、四人づつ四組に別れて掘り始めてくれ」

各人は石で作った掘り棒を持ち、線に沿って穴を掘り始めた。

しかし、ムラ人はのんびりした表情で話をしながら、掘っていた。時々笑い声も聞こえる。それを見た縄太郎は

「この分ではいつ完成するか分からないな」

とつぶやくと、そばにいたジジが

「ヒマはたっぷりあるから、あせらない方がいいわい。それにしても、いまは四人で掘っているが少し掘りさげたら一人でやるしかないな」

と笑った。

「そうですね、穴が深くなったら四人は入れないから、うまくやっても二人、そのうち、一人の作業になってしまいますね」

一週間程過ぎると今度はクワで中にたまった土を地上に放り始めた。その土を女たちが、もっこを持ってきて阿武隈川の方に捨てに行った。

〈一三〉

のんびりした作業で、約一年程かかって四つの穴が出来た。深さは一・八《メートル》程あった。これ程の深さがあれば強い風が吹いても倒れるようなことはあるまい、と縄太郎は思った。リキは枝葉を払った栗の木を四本揃えて、穴の近くに置いた。

竹も二〇本程揃えてある。

困難な作業が待っていた。どうやってこの栗の木を穴の中に立てるかだ。

「どうしたら、いいと思う?」

と縄太郎はヌシとリキとヒャッカに尋ねた。

「木の根元を穴のそばに持ってくる。木の上部に四本の太い綱を結びつける。ムラ人総出で四本の綱を引っ張り上げて根元を穴の中に押し込む。これでどうだ」

とヌシが言うとリキとヒャッカが
「理屈はその通りです。ただ、現実問題として太く、重い栗の木を上げられるか。その件だけです。心配なのは」

「そりゃそうだが、やってみなけりゃ分からないだろう」

早速、ムラ人が集められ、一本の綱を五人が握り、総勢二〇人で掛け声をかけて引っ張ったがびくともしない。

再び人数を増やし、渾身の力を込めて、引っ張った。すると栗の木は今度は動いたが、木の根元は穴の上を通り過ぎてしまっただけ。

「上にあげる力が少なく、横に動く力だけが働いたのでしょう」

とヒャッカが、もっともらしいことを言う。

「じゃあ、どうすればいい」

縄太郎が

「木の根元にあたる部分の穴を斜めに削ったらどうでしょう。引っ張ったときに、横滑りすることなく反対側の穴の壁にあたります。根元の一部が穴の中に入り込めばしめたものです。そのまま引っ張り上げれば収まるのではないでしょうか」

「これも理屈だな。やはりやってみなけりゃ分からん」

穴を削り、やってみたが確かに根元は穴に一部入ったが、上にあげる力がどうしても不足している。空に引っかけるものがあれば何とかなりそうだが、それは無理だ。

ヒャッカが
「時間がかかるかも知れませんが、木材を組み合わせて、高いやぐらを組上げ、そこに綱を渡して、引っ張り上げるしかないですね」

「頑丈なやぐらを四つも作るのは大変だ。なんか良い知恵はないだろうかのう」

とヌシは困った顔をして縄太郎とヒャッカを見つめる。

「センと相談してみましょうか。彼女なら未来も解るし、宇宙人とも親しい。ヒャッカさん明日一緒に行ってみませんか？」

「そうだな、ただ考えているだけでは前に進まん」


〈一四〉


翌朝、朝飯を食べると、ヒャッカと縄太郎は森の中に入って行った。栗林を過ぎると様々な樹木が自然のままに生い茂っている。三〇分程歩くとセンの小屋が見えてきた。

「センさん、いますか」と声をかけるとセンが出てきた。

「ああら、珍しいわね。二人とも一緒に来るとは。なんか困ったことがあったんでしょう」

と見通したようにセンは言う。

「まぁ、中に入ってちょうだい。山ぶどうのジュースがあるから」

二人が一服して落ち着いたところでヒャッカが
「人々を呼び寄せる記念塔のことなんだが」

「解っていましたよ。基本になる木が立たないんでしょう。それで相談に来たのね」

「そうなんだ。いろいろ工夫をしてみたんだが、どうもうまくいかないんだ」

「そうね、いまの技術では無理でしょうね」

「何か、巧い方法はないいもんだろうか」

「こうなったら宇宙人に頼むしかないわね。いままで培ってきた彼との友情に頼るしかないわね。ちょっと待ってて。いま信号を送るから」

センは両手の人差指を合わせ手を組んだ。しばらく眼をつむり、ぶつぶつと祈った。

「通じたわよ。いま来てくれるって」

しばらくするとUFOからブルーがかった衣服をまとった宇宙人が降りてきた。

「オマタセ　イタシマシタ。ナンデショウカ」

センはいままでのいきさつを彼に話した。

「ホンブニキイテミナイト　ヘンジハ　デキマセン」

彼はポケットから小さな機械を取り出すと、本部と交信を始めたようだ。

「オオムネＯＫデス。デモ　ワタシノＵＦＯデハ　チカラガ　タリマセン。ホンブノ　オオキイＵＦＯナラ　ナントカ　ナルト　オモイマス」

宇宙人の話をセンがまとめると、本部でも一番大きいＵＦＯは直径五メートル程あり、特殊能力として地球の引力を一瞬消すことが出来るという。それを使って、四個の穴の上にＵＦＯを停止してもらい、その間に四本の柱を立ててしまえば良いという話であった。

「引力を消してしまえば、三人位で柱を穴の中に入れることが出来るはずよ」

とセンが言う。縄太郎は疑問があったので
「引力を消す時間は、どの位持続出来るのでしょう」

「五分以内だったら、大丈夫みたいよ」

ヒャッカと縄太郎は笑みを浮かべ、宇宙人に握手を求めた。

ありがとう、と言いながらヒャッカが彼の手を握ると、少し冷たく柔らかくコンニャクのような感じだった。縄太郎はサンキュウ、サンキュウと握手した。なぜここで英語が出てくるんだ、と自分でおかしくなった。

〈一五〉

宇宙人と約束した日がやってきた。大きなＵＦＯが五〇《メートル》上空にぴたりと止まった。ムラの男たちは四本の大木に、手をかけ、興奮して待っている。

センがＵＦＯの合図を待っている。ヌシもクニもミヤもかたずをのんで見ている。

「かかれー」

とセンが大声で叫んだ。男たちは引力を消してもらったおかげで軽々と大木を穴の中に収めることが出来た。

ＵＦＯはそれを見届けたように飛び去って行った。

その後、男たちはクワで穴と木の間に土を入れ、隙間を固く踏み固めた。

先端に取り付けるヌシの顔も出来ている。竹で四角に組み上げたものが二個、幅をもたせて両面にセットされ、そこに布を張った四角の両面にヌシの顔が描かれている。

二階と三階の床が張られ、三階の床の左右に羽を広げたように竹で骨組みが作られ柱の上部にくくり付けられた。

縄太郎は完成した塔を眺めて大阪万博の「太陽の塔」みたいだ、と思った。

そうして「宮畑の大塔まつり」は真夏の満月の日に行うと決められた。

広報担当はセンが責任者となった。各地のムラにはセンと同じような働きをするシャーマン（呪術師）がいた。センにはそれらの人々と会わなくても通信が出来る術を持っていた。満月となる日の五日前には各地のシャーマンと連絡がとれた。

これは縄文時代後期の話だが、晩期には自力で柱を立てる技術を持ったという。

〈 一六 〉

満月の日がやってきた。夕方から各地のムラ人が集まってきた。月が昇る頃には宮畑の広場には約千人の人々が集まった。塔の三階では木や竹や自然の物で作った鳴り物がいっせいにリズムをとり始めた。それにつられて、宮畑の人々が踊りだした。参加者も次々に踊りの輪に加わった。各家々の前にはゴザが敷かれ、その上に山、川、海の珍味が並べられた。酒や果汁もある。各地からみやげとして持ち込まれた料理も並べられ、人々は自由に飲み、食い、踊った。

宮畑の塔を見つめた人は

「いやぁー、たいしたもんだ。これ程のものを、よく造ったものだ。たいした技術だ」

「この塔を見たい人は遠くからでも大勢見にくるだろう」

「宮畑はこの地方の中心、大都会になるだろう」

とほめたたえた。

縄太郎はこの賑わいを見て「俺の役割も終わったようだ。そろそろ帰る時期が来たような気がする」と思った。

それにしても黒岩の井戸に吸い込まれ、縄文時代の宮畑に来て、どのくらいの歳月が流れていったのだろう。縄太郎には考えも付かなかった。長いようでもあり、短いようでもあった。その夜は賑やかさの内に過ぎていった。


〈一七〉


一週間程賑わった宮畑も、もとの静けさに戻りつつあった。

縄太郎はいままでの疲れがどっと出てきたような、けだるさがあった。

井戸に背をもたれていると一番の家から六歳位の男の子が現れ、縄太郎の近くにやってきた。ミヤの弟のハタだった。人見知りの性格か、いつも部屋の隅でじっとしているばかりだったので彼も声をかけたことがなかった。

恥ずかしそうに彼に近づき、彼の洋服を触りながら
「どうしたの、お兄ちゃん」

と声をかけてきた。

「そういえば、お前と遊んでやれなくて、ごめんね。お兄さんも初めての世界に来ちゃったもんだから、かなり緊張してしまってさ」

「解ってたよ。全然違う世界の人だもんね。洋服も着ているし、棒で火をつけたときは、ハタもびっくりしたよ。魔法使いと思ったよ」

「お兄ちゃんの世界はとても凄いんだぜ。遠くにいる人でも、すぐ話せるキカイがあるし、歩かなくても遠くに行ける自動車とか新幹線とか空を飛ぶことの出来る飛行機というものまであるんだ。凄いだろう?」

「よく解らないけどスゴイようだね」

「それからウンチをしたらお尻まで洗ってくれるキカイもあるんだ。世界中の出来事が映し出されるテレビというものも各家庭にあるんだ」

「お兄ちゃんは、その世界に戻りたくなったんだね」

「みんなには黙って帰るから、よろしくね」

縄太郎は井戸のへリにて手をかけ、ゆっくり井戸に入り始めた。水面に足が届くと冷たかった。手を離したら全身井戸の中に入った。しかし、しばらくしたが何の変化もない。すぐ息苦しくなって、あわてて水面に出た。

「お兄ちゃん、どうしたの?」

「うわー、死ぬかと思った。これじゃ帰れないよ」

井戸から上がった縄太郎はしばらく考えていたが
「そうか足から入っちゃ駄目なんだ。頭から入らなくては。ハタくん、ぼくが井戸の中を覗くから、後ろからドーンと押してくれない?思いっきりだよ。一、二、三と言うから思い切ってお尻を押すんだ、いいね。一、二、サーン」

ハタは言われた通り思いっきり彼のお尻を押した。

縄太郎は深い井戸の中に頭から入っていくと、間もなく意識を失った。

〈一八〉

縄太郎は古井戸の中にいた。竹で編んだ蓋を静かに上げると見覚えのある黒岩の農家の古井戸だった。あたりを伺い、こっそり井戸を出て、彼のアパートへ向かった。アパートの郵便受けにはかなりの量の新聞と手紙がばらばらになって散らかっていた。縄太郎は疲れきっていたので、ベットに横になった。そうしてそのまま翌日の朝まで寝込んでしまった。

目が覚めると、ぼんやりと現実に戻った。あわててYシャツに手を通し、ネクタイをし、背広を着ながら冷蔵庫を開け残っていたパンをかじりながら、役所に向かった。

彼の仕事場である市役所の広報課のドアを開けると、みんながいっせいに顔を向けギョッとしたムードになった。課長が彼を見つけると席を立って彼に駆け寄ってきた。

「この馬鹿野郎！一〇日間もどこに行っていたんだ。電話もよこさないで、どこに消えた！イスラエルか北朝鮮か！この責任をどうとるつもりだ。俺がどんな立場に追い込まれたか解っているのか。このバカヤロ！」

課長は彼の胸倉を掴んでゆさぶった。

「ちゃんと説明しろ。ちゃんと」

課長はかなり興奮し、顔は真っ赤になったかと思っていると今度は青ざめてきた。

縄太郎は「縄文時代に行ってきました」と言ったところで誰も信じてくれないだろうと思い、ただ、頭を下げ「すみません、スミマセン」と繰り返すだけだった。

「きちんと説明出来なければ、お前なんか、クビだあ。クビだあ」

課長の怒りは収まりそうにもなかった。

第二章

焼け跡の謎

〈一〉

阿武川縄太郎はショックのあまり寝込んでしまった。

翌日、出勤したが課内の冷たい視線と、課長の不機嫌な顔を見ているうちに、気分が悪くなり早退した。そのときの課長のいらだちを押さえた顔が脳裏から離れない。

縄太郎は早退したあとアパートに帰ると、すぐベッドで寝た。疲れがたまっていたのだろうか、三日間寝続けた。ぼんやり起き上がってみたが、もう役所に行く元気も気力も無かった。

彼は机に向かうと辞表を書いた。そしてそれを封筒に入れた。昼近く役所に行った。課長は彼を見つけるとジロっとにらんだ。彼は震える足で課長の机に近付き、小さい声で

「いろいろお世話になりました」

と言って辞表を出した。

「そうか、残念だな。別に辞めなくていいのに。しかし君が決断したことだから。次の職場が決まったら遊びに来たまえ」

と心にも無いことを無表情で言った。そして、すぐ目をそらした。

縄太郎は、課員の方に向かって深々と頭を下げ、役所を後にした。

〈二〉


縄太郎はアパートへ帰りベッドに腰を降ろした。

「俺は役所に向いていない。それよりも現代社会に向いていない。生きにくい時代に俺は生まれてしまったのだ。ストレスが多すぎる。俺はどうしたらいいんだ」

頭を抱えて、しばらくじっとしていた。

それにしても、縄文時代の宮畑ムラでの生活は最高だった。みんな、こんな俺を信じてくれ頼りにしてくれた。尊敬もしてくれた。宮畑人のおおらかな人柄、平和な生活、自然の中に生きる喜び。俺は縄文時代に生まれれば、最高に幸せになれたはずだ。

そうだ、もう一度、宮畑に行ってみたい。いや、行きたい。と彼は思った。

もう一度、タイムスリップが出来るか、試してみよう。

そう決心すると彼は生き返ったように元気になり、リュックを取り出し、この前と同じように登山用具をつめ始めた。そうだ、マッチを沢山持っていこう。彼らはびっくりして喜ぶだろう。飴も持っていこう。こんな甘いものは初めてだ、と驚くだろう。紙コップも沢山持っていってみよう。いろいろ考えてつめているうちリュックが一杯になった。

さあ、準備は出来た。

彼はアパートのカギを閉め、外に出た。農家の古井戸に来た。蓋を開け、のぞき込んでいたら、その農家の老婆が彼を見つけ
「あんた、なにしてんだい」

と声をかけてきた。

「あのー、ちょっと何げなく、覗いたというか」

「ちょっと待ってな。いま若い男人たち呼んでくっから」

と老婆は大きな農家の方へ、よたよたと歩いて行った。縄太郎は老婆の姿が見えなくなったのを確かめると、思い切って井戸の中へ頭から飛び込んだ。

すぐ意識が無くなり、時間の経過が解らなかったが、ふと気が付くと井戸の中にいた。首だけ出して辺りの様子を眺めてみると、この前来た縄文後期の雰囲気とは違って見えた。竪穴住居を見ても建築技術が幼稚に見えた。後期の時代よりもっと以前の中期頃の感じだった。多分、五〇〇〇年前位かな、と縄太郎は思った。いきなり飛び出すと、前のように袋だたきにあうかもしれない。そうだシャーマンのセンの先祖に会えば何とかなるのではと考え、急いで東側の雑木林に入った。人工的な栗林は、まだ無い。しばらく進むと自然の樹木を利用した住処のようなものが見えた。近くまで足を進め

「すみません。この辺にセンさんの先祖の方はいらっしゃいませんか？」

と縄太郎が少し大きな声で呼びかけた。すると樹木の陰から若い女の人が顔を出した。

「私がセンですが、なにか？」

「あなたもセンさんと、おっしゃるんですか。私は縄太郎と申しまして、あなたの

ずーっと子孫のセンさんに何かとお世話になった者です。どうして同じ名前なんでしょう?」

「面倒臭いからこの宮畑では同じ名前を襲名していくのよ」

「えぇ?するとヌシさんとかクニさんとかヒャッカさん、リキさんもいらっしゃるんですか?」

「そうよ、みんな同じ名前で生きているわよ。何百年たっても襲名されていくのよ」

「うわー、なんとなく、それを聞いて安心しました。つかぬことをお尋ねしますが、センさんは宇宙人をご存じで?」

「知っているよ。私の親しい友達よ。呼びましょうか?」

「ぜひ、お願いしたいですね」

センは両手の人差し指を合わせるとなにか祈り始めた。

「すぐ来ると言っているけど、まだＵＦＯの運転技術が未熟なのよ。少し時間がかかりそうよ。その間、この果物のお酒を飲んで待ってましょう」

お酒の入った土器を持ってきたので縄太郎はすぐリュックの中から紙コップを取り出した。上の方から二個取り出すと、ひとつをセンに渡した。

「これですくってみてください」

センは手に取ると、その軽さにびっくりしたようだ。

「ほー。あなたは魔法使いのようだね」

紙コップに入れられた紫色の液体を飲んでみると、ほのかな甘みとお酒の味がして美味しかった。

「どう?私の造ったお酒の味は、美味しいでしょう?」

お酒を飲んでいるうちに宇宙人が現れた。顔も眼も大きくグレイの衣服をまとい、頭にはアンテナのついた帽子をかぶっている。

「私、阿武川縄太郎と申します。よろしく。あなたの子孫とも仲良くさせて頂きました」

「ナントナク　ワカリマス　ハジメテアッタヨウナ　キガシマセン」

「あなたはどこの星からやってきましたか?」

「トオイ　トオイ　ホシカラ　ヤッテ　キマシタガ　ホシノ　ナマエ　ワカリマセン」

「私は、つい先程宮畑に来たばかりで何も分かりません」

「ナニカ　オヤクニ　タツコトガ　アレバ　オッシャッテ　クダサイ」

酒を飲んだことと、宇宙人と話が出来たことで縄太郎はほっとした安らぎを覚えた。

「それではセンさん、私を宮畑のムラに連れて行ってくれませんか。そして決して私が怪しい者でないことをみんなに伝え、ヌシさんを始めクニさん、ヒャッカさんを紹介してくれませんか?」

「解ったよ。じゃ、行きましょう。宇宙人も行きたいなら付いてきて。姿は消した方がいいね」

そうしてセンと一緒に雑木林を抜けると宮畑ムラがあった。広場を囲むように二三棟の竪穴住居が並んでいる。

一番北側の家の前に来ると、センが大きな声で

「ヌシー、お客さんだよー」

と叫んだ。すると一番の家から二人の男が現れた。その二人は顔の形といい、体の具合といい、そっくりだった。縄太郎は縄文人だから似ているのは当たり前だと一瞬思ったが、驚く程そっくりなのだ。しかしヌシたちのほうが穏やかでない位驚いた。

「何だ、この生き物は。身体に合った服を着ているし髪も整っている。セン！」

と言ったきり、あとの言葉が出て来ないようだった。

「大丈夫よ。ヌシⅠ号、ヌシⅡ号。この人は黒岩の人でヌシの子孫がお世話になったのよ」

二人の名前がヌシⅠ号、Ⅱ号と聞いて、縄太郎も開いた口がふさがらない。

「先代のヌシの子供で、双子だったのよ。大抵はどちらかが早く死んでしまうのに、この二人は奇跡的に長生きして、二人とも二五歳なのよ」

改めて二人の顔を見比べた。まったく、そっくりだ。しかしムラの人々は見分けが付く、ということだった。

I号
II号

〈 三 〉

縄太郎はヌシの二人には世話になるから、と小型の箱マッチを取り出すと「ほんの気持ちです。箱の中の棒を一本取り出して赤い玉の部分を箱の横にあるザラザラしたところにこすります。すると、すぐ火が付きます」と言って実演すると二人は、ひっくりかえる程びっくりした。そうして呆然とマッチ箱を見つめている。縄太郎が、プレゼントです、と言って渡すと二人は飛び上がって喜んだ。

ヌシⅠ号の愛人であるサチの家に泊まっていけ、と大歓迎してくれた。

サチはやはり三番の家に召使二人と住んでいるという。まったく同じだ、と思った。

ヌシⅡ号は四番の家に愛人を置いているという。

三番の家でサチに会った。色っぽい感じは子孫のサチと同じだ。

「サチさんは、このムラの中では飛び抜けて美しい人ですね」

「初めてお会いしましたが、縄太郎さんは口がお上手ですね。あなたの国ではもてたでしょう。それなのに縄文時代に来るなんて変わった人ですね」

「とんでもありません。二〇一五年の黒岩ではもてなかったから、ここに来たんです」

「それ程の才能をお持ちなのに、もてないなんてウソでしょう」

「いや本当に、あの時代では役に立たない人間なんです。それよりもお聞きしたかったのはヌシⅠ号とⅡ号のことです。」

縄太郎がヌシⅠ号とⅡ号のことをいろいろ聞いているとサチが困った顔で言った。

「双子で年も性格も似ているのにⅠ号は支配者だしⅡ号はその命に従わなくてはいけない立場でしょう。兄弟で意見が対立すると、すぐケンカになってしまうのよ」


〈四〉

縄太郎は翌日、ヌシⅠ号の家を尋ねた。すると兄弟で話をしているようだ。ヌシ

Ｉ号が
「この宮畑の土地も雑木林も里山に住んでいる動物たちも阿武隈川も魚も、みんなに神が宿っている。その神々を怒らせないように、我々はつつましく神を崇めながら平和に暮らすのが一番だ」

「この宮畑にいる神々を、俺は否定するとは言っていない。髪を敬い神の意志を尊重しているのは俺も同じだ。しかし､我々の日常生活を豊かに安定化することも大事だ」

「お前は、それで、どうしようと考えているのだ」

「第一は食料の安定供給だ。まず住居の東側の雑木林を整地してそこに栗の木とトチの木を整然と植える。里山にいる獣、阿武隈川にいる魚を取り過ぎないよう数を制限する。これはリキに管理してもらう。第二は土器の改良だ。クニを中心にやってもらう。いままでのは壊れやすい。土に何かを加えてもっと丈夫な土器を作るべきだ。第三は健康管理だ。栄養を取ることも大事だが病気になったときの治療が大事な要素となってくる。これはセンとヒャッカとお前の娘のミヤで薬草研究会というチームを作る」

「他の者たちはどうするんだ」

「まずリーダーを決める。その下で気持ち良く働いてくれる者を集める」

「それを総合的にまとめるのは誰がやるんだ？」

「それはⅡ号の俺がやろうと思う。兄貴は黙って見ていれば良い」

「この野郎、お前は俺の地位を奪おうとしているんだな。この前から様子が変だと思っていたらお前はそんなことを考えていたのか。このバーカ。許せねえ」

とヌシⅠ号はいきなりヌシⅡ号の胸倉を掴んだ。「そうじゃねえよ」と言いながら、取っ組み合いのケンカになった。ヒャッカは冷静な眼で成り行きを見守っていた。

「まあ、まあ、まあ」と縄太郎が中に入ったが、力の差が違う。縄太郎はたちまち吹っ飛ばされた。ヌシⅠ号の奥さんのクニが入ってきた。縄文時代にしてはがっしりした体つきの女性で迫力がある。

「いい年して兄弟ゲンカかい。バカやってんじゃないよ」

と言うと二人の中に入って引き離した。二人は両側に離されて尻餅をつき、痛いところをさすっている。ヌシⅡ号が
「お兄さん、俺はお前と別れる。宮畑の住居群の外側の土地をもらっていいか」

「いいとも、土地は神様のものだ。勝手に使うがいい」

「栗林を植林していいか」

「勝手にするがいい。但し、神の怒りにふれても俺は知らないよ」

「神の怒りなんざ、あるもんか。勝手にやらしてもらうぜ」


〈五〉

それからのヌシⅡ号の動きは素早かった。いままでの住居の外側に二三棟の建築計画を作り、自分の仕事を手伝ってくれる人々に呼びかけた。五〇人程の男女が手伝うと手を挙げてくれた。その上、宮畑の近くの他のムラにも声をかけた。近くの

ムラでは昨年、大地震と阿武隈川の洪水があって住んでいた所が被害を受けていたので、そのムラ人は喜んで参加を希望した。自分で造った竪穴住居に住むことが可能になると聞いて働く人が大幅に増えた。

約二年程で予定通り二三棟の竪穴住居が出来上がった。ヌシI号は不機嫌な顔で見守っていたが、宮畑ムラが大きく成長する基盤が出来たので反対してもしょうがないことであった。

内側の竪穴住居はI号棟と呼ばれ、外側はII号棟と呼ばれるようになった。

栗林もトチの木林も完成した。

〈 六 〉

そして五年の歳月が流れた。ヌシI号もII号も三〇歳となり、高齢者の仲間入りをした。

その間、Ⅱ号棟では悪いことが次々と起こった。

疫病のせいか若くて病死する者が続々と増えた。人口が増えないので働き手が減少し、狩りや釣りは高齢化も伴って減る一方となった。栗林も手入れが行き届かない状態となった。ヌシⅠ号はⅡ号に向かい
「ほれみろ、自然を壊したから神のたたりにあったのじゃ」

と言った。ヌシⅡ号は良い解決策が見つからなくて縄太郎に相談した。

「そうですねぇ。こんなときはセンさんを呼んで祈ってもらったらどうでしょう」

センが呼ばれて神棚をこしらえ祈ったが、一ヵ月程たっても何の効果も現れなかった。センも困って
「神の怒りが普通ではないね。祭祀をして家焼き、家送りをするしかないと思う。これで災いを一緒に焼却するしかないと思う」

と悲しそうな顔で言った。

ヌシⅡ号は、まず自分の家から焼こうとその準備をした。家の中を片付け、枯れ

枝をたくさんⅡ号棟の一番の家に入れ、縄太郎からもらったマッチで火を付けた。しかし少し燃えたが、すぐ酸欠状態となり火が消えた。縄太郎は

「これでは家送りが出来ませんね。土屋根のあちこちに穴を開けて酸素を入れたらどうでしょう。中が燃えたとしても土屋根ですから、焼けずに屋根が落ちて、そのままとなるでしょう。それでも壊す、燃やすだけでも大変な作業となりますね。生産性がゼロです。センさんと相談してみましょう」

センに会ってこの話をすると

「私の祈りの力が及ばなかったのね。ゴメンナサイ。やはり、これは宇宙人の力を借りるしかないわね」

その間、ヌシⅡ号はⅡ号棟の住民を集め

「私に付いてきてくれた仲間のみなさん、それに外のムラから私共の竪穴住居に避難して一緒に暮らしを共にしてくれたみなさん、本当にありがとうございました。この五年間、苦楽を共にしてくださったのに、なぜか次々と災難や不幸な出来事が

起きてしまいました。神の怒りにふれたことは、私の責任であり、私の力不足でした。改めて深くおわび申し上げます。この場所でこのまま暮らすのが私の望むところではありますが、これ以上みんなを不幸な目に合わせたくありません」

「結局、どうするつもりなんだ」

と野次が飛んだ。

「遠くのムラの例では不幸を断ち切るために、家を焼却したと聞いております。この宮畑でも、これ以上のわざわいを避けるために、Ⅱ号棟の全てをセンに祭祀をしてもらいながら焼却解体をしたいと考えております。私にとっては苦渋の決断でした。ご理解を賜り、ご協力いただければ、幸いです」

「それから、どうするんだ。住むところが無くなるだろう」

口々に叫ぶ数が多くなった。

「黒岩には沢山の人々がムラを造り住んでおります。里山が連なり、阿武隈川が流れており、とても住みやすいところです。先日、私と縄太郎さん、ヒャッカさんと黒岩に行きました。我々の住める場所が残っておりました。ムラの長老に話をしましたら快く、使用しても良いと許可をいただきました」

「それなら、いいだろう」

とみんな頷いた。

〈 七 〉

焼却解体する日がやってきた。

センが宇宙人を七人程連れてきた。

「みなさん、驚かないでください。私の親しくしている宇宙人ばかりです。乗ってきたＵＦＯは雑木林に隠してきました。では、これから作業にかかりますね」

七人の宇宙人は七棟の竪穴住居の入口に不思議な機械を持ち、センの合図を待った。

　センが「用意、かかれー」と大きな声で叫ぶと、機械の中から強力な火炎が噴き出て、瞬く間に住居の中を焼き切った。彼らは移動し最後の七棟の前に行くと再び火炎を噴いた。

　中が焼けると、土の重い屋根がそのままの姿で次々と竪穴の中に沈んだ。

「よーし、完了。では次の作業に移る」

とセンが叫ぶと、友人の宇宙人に近寄り、小声で次の打ち合わせをしたようだ。

　しばらくすると直径五メートル程の巨大な宇宙船が現れた。Ⅱ号棟の上に静止すると何のスイッチを押したのか、ＵＦＯは巨大な掃除機となって土の屋根を次々と吸い込んで移動した。Ⅱ号棟の跡地はきれいに整地された状態となり、五年前と同じ状態となった。

　ヌシⅠ号とⅠ号棟の住民たちは呆然とした顔で見守っていたが、全ての作業が終了すると一斉に拍手がおこった。それは、しばらく止むことはなかった。

　するとヌシⅠ号が

「なあ、みんな、Ⅱ号棟の人々の送別会を盛大にやろう」

〈 八 〉

送別会の夜、広場の中央には沢山のゴザのようなものが敷かれ、その中央に酒、果汁、猪の肉、アジの開き、木の実、川魚の焼いたものなど山海の珍味が並べられ、その周りを宮畑の住民全員が取り囲んだ。

なぜか縄太郎は上座に座らせられ、右にヌシⅠ号、左にヌシⅡ号が座った。右にはクニ、ミヤ、ヒャッカ、サチらが座った。左にはセンとヌシⅡ号の側近の者たちが座り、続いて避難してきた人々が並んだ。

ヌシⅠ号の「かんぱーい」の音頭で宴会が始まった。

会が賑やかになって来た頃でヌシⅡ号が隣のセンに話しかけた。

「センさんは我々と一緒に黒岩に来てくれないか」

「ちょっと考えてみたけど、やっぱりこの宮畑の雑木林の住処が良い」

「そりゃあ、寂しいな。祭祀のときには来てもらいたいと思うけど」

「それは大丈夫よ。この前ね、親しい宇宙人から古くなったＵＦＯをもらったの。いま操縦法を習っているから、用事があるときはすぐ黒岩に飛んで行けるから」

「連絡はどうするんだ」

「両手をからませ、人差し指を合わせて〝センよ、来てくれ〟と祈ってもらえば通じるから、心配しないで」

ヌシⅠ号は縄太郎の方を向いて
「縄太郎さんはここに残るのか、それともヌシⅡ号と黒岩に行くのか」

「そうですねぇ、黒岩は私の生まれたところですし、縄文時代の黒岩も見てみたいので」

「そうか、残念だな。クニはどう思う」

「そうね、縄太郎さんには新しいことをいろいろ教えてもらったわ。出来たら残ってもらいたいわ」

　少し酔った長女のミヤが近づいてきて
「縄太郎さん。わたしと一緒に来て、ねぇ、来てちょうだい、話があるから」

　ミヤは縄太郎の手を引くと、東側の大木の下に連れてきた。

「縄太郎さん、わたしの言うことを真剣に聞いて。あなたは宮畑か黒岩に残るつもり？」

「そう、思っている。この時代の方が、私には合っていると思う。二〇一五年の世界の戻っても、私はストレスで自殺するかもしれない。縄文時代の方が私にはぴったりだ」

「縄太郎さん。よーく考えてよ。ここで生き残るのは、重労働よ。狩りに出掛けたり、土木事業に関わったり、病気の人の介護をしたり、いまのうちはあなたを大事にしてくれるけど、長く一緒にいると縄太郎さんの気弱さ、根性無し、体力の無さが判って、それが積み重なれば、みんなに愛想尽かされるわ。わたし、そんな縄太郎さんを見たくない」

「そんなこと言うなよ。自信が無くなるじゃないか」

「以前、縄太郎さんに二〇一五年頃の話を聞いたわ。スイッチひとつで火が付いて、栓をひねると、摺上川の浄水場から美味しいきれいな水がいくらでも出てくるんですって。腹がすけば、コンビニというところに行くと生活するための、食べ物、お菓子、本、酒、飲み物、電池、文具など何でも揃っているって言ったわよね。そんな便利な生活を味わった人に縄文の世界は耐えていかれないよ。もっと生きる勇気を持ちなさいよ。それに、あなた四〇歳にもなって、まだ独身なんだって。女も知らないということなんでしょ。もっとしっかり生きなさいよ」

「恥ずかしいけど、その通りだ。いままで女をくどいたことも、抱いたこともない」

「いままでの御礼に、わたしを抱いてもいいわよ。こっちへ、いらっしゃい」

と言うと、ミヤはある竪穴住居に縄太郎を引っ張り込んだ。

「みんな、送別会でどの家にも誰もいないわよ。安心して」

寝床には柔らかい布が敷かれてあった。ミヤの案内で縄太郎は初めて女を抱いた。頭がかすんだ程の快感を味わった。

〈 九 〉

「ミヤありがとう。二〇一五年に戻っても生きる自信が付いた。戻ったら何の仕事でも無心になってぶつかってみるよ。原発の作業員でもやれる自信が付いてきた。文句は言わないよ。ところでミヤさん、私と一緒に二〇一五年の世界に来てくれないか。そしたら結婚しよう」

「ばーか、だからあんたは甘ちゃんなのよ。一人で戻りなさいよ。わたしが井戸に頭から突き落としてやるから」

井戸の前に来ると、縄太郎は一瞬ビビっていたが

「覚悟はいいね」

とミヤは言うが早いか、縄太郎を頭から井戸にほうり込んだ。

意識が戻った縄太郎は現代の黒岩の古井戸の中から飛び出した。

縄太郎は驚く程元気になって、走ってアパートに戻った。

や

世田谷ひとり

「世田谷ひとりマンション」が完成した。応募していた一五〇人は入居を済ませた。東京都が企画し完成させた物件で、高齢者か、ひとり暮らしの者だけが入居出来るという条件だった。

マンションはA棟、B棟、C棟とありコの字型に建てられ、東側が道路に通じていた。一階に2LDKの部屋が一〇室並び、それが五階建てで一棟に五〇人が住んでいた。

広場の東側は駐車場、西側は芝生の上に大きな喫茶店「世田谷カフェ」と「居酒屋天下」があった。入居者が孤独にならないように、という都の配慮だった。

カフェのオーナーとスタッフは民間人で、他は区の職員が担当した。

カフェには四人が座れるテーブルが沢山並んでいる。他人同士が気軽にコミュニケーションがとれるように、という配慮が伺われる。

テーブルには四つの低い仕切りがありコンセントが配備されている。

パソコンを利用して仕事も出来るし、スマホの充電も勝手に出来る。気の合った同士で談笑も出来る。

そのカフェの奥に位置するテーブルで、ひとりの青年が野球帽を逆さにかぶりB4位のケント紙を広げ、鉛筆を持ち、早い速度で絵を描いたり、文字を入れている。細野純一という駆け出しのマンガ家だ。ようやく『少年ステップ』の連載が決まり、その二作目のアイデアを考えているらしい。そこにベレー帽をかぶりコーヒーを持った高齢の男性が近づいて来た。

「お仕事中、申し訳ありませんが隣に座らせてもらってよろしいですか」

細野は無言のまま、じろっと見上げた。

「失礼とは思いますが、私はA棟の三〇二に住んでいる城門万太郎といいます。あなたは三〇三にいる細野さんじゃありませんか。私が廊下に出たとき、ちょうどあなたが三〇三から出てきたのを見て顔を覚えていました。実は私も漫画家で一コマ漫画専門です。あなたがケント紙を広げているのを見て、つい声をかけてしまいました。お隣が同業者だと思って嬉しくなったものですから」

や

細野は不機嫌な顔のまま
「ぼくはまだ駆け出しです。二年かかって、やっと連載が決まったところなんです。昨日、担当の編集者と会い二回目のラフを見てもらったのですが、散々ケチを付けられて、いま構想を練り直していたところなんです。あまり邪魔をしないでくれますか」

「すみません。私はコーヒーを飲んで待っています」

しばらくすると城門は二杯目のコーヒーを持ってきて悠々と飲んでいた。細野はいらいらしながら仕事をしていたが、一段落したようで鉛筆を手放した。

「いつまでいらっしゃるんですか。他のテーブルに移ってくれませんか」

「きみは年よりを馬鹿にするのか。この場所は孤独な人々が集まり話し合う場所として都が設営してくれたカフェなんだ。きみに指図される覚えはない」

「あなたも漫画家なら仕事があるでしょう。ひまだからいるんですか」

「あー、ひまですよ。年よりはひまなんです。しかし、ひまそうに見えてもアイデアを考えているんです。私だって七八歳になりますが、まだ現役ですよ。通信社を通して地方紙の政治漫画を描いているんです。いまは亡き近藤日出造先生を始め清水昆、杉浦幸雄、加藤芳郎、田河水泡先生らと交流があったんだ」

「よく、解らないですよ」

「きみらが天才という手塚治虫先生や石ノ森章太郎先生ともお茶を飲んで話し合ったこともあるんだよ」

「でも城門さんの時代とぼくらの時代では漫画に対する感覚が違いますよ。言っちゃ悪いが時代遅れですよ」

日頃、冷静な城門も若者の無礼にかっとなった。

「この野郎、年よりを馬鹿にしやがって」

と細野の襟首をつかんだ。

「なにをするんですか」

と細野も城門の肩を押した。城門はよろけて倒れそうになったところへ、着物姿

の中年男性が城門の背中を受け止め、

「二人とも何をやっているんですか。やめなさい、みっともない」

と注意をした。

「きみは誰なんだ。余計なお世話だよ」

城門が背中の男に言った。

「すみません。こう言っちゃ何んですが暴力はいけませんよ。申し遅れました。私はA棟の三〇八にいる囃屋五平という落語家くずれの、しがない男でして。これでも立川談志の孫弟子だったんですが、よくあることで酒と女で失敗をいたしまして破門されたんです。ところが私、自慢するようですが、三味線、笛、太鼓が天才的にうまかったもんですから、師匠が寄席のお囃子方として残してくれたんです」

「あなたの自慢話は結構です。仕事の邪魔をされて、ぼくはカッカしてるんです」

と細野はふるえる声で言った。五平は二人の肩をたたきながら
「まあ、まあ、ここは私にまかせてくれませんか。私は太鼓持ちの才能もあります

から、どうです今晩でも三人で一杯やりましょう。となりの『居酒屋天下』で夜七時からということで。えぇと、ちょっと待ってください」

と言うと手帳を広げ、

「おっと、ごめんなさい。今晩、新宿の寄席でお囃子の仕事が入ってました。明日の晩はあいていますから。では明晩ということで」

と五平は相手の都合も聞かず、さっと行ってしまった。

少し離れたテーブルで一人の謎めいた女がこちらの様子をじっと見ていた。短めの髪は活動的で、メガネをかけた瞳は知性に輝いていた。


翌日の夜、五平は予定の三〇分前に「居酒屋天下」のカウンターの前にある畳敷きの小さな部屋を確保し、主人と打ち合わせをしていた。

「最初、生ビールで乾杯をするから、それまでに刺身の盛り合わせを準備しておいてくださいよ、徳さん」

「かしこまりました師匠」

と徳さんはつるつる頭のハチマキを締め直して言った。

「あとはおまかせください。美味しいものを出しますから」

城門は隣の細野を誘い、一緒にやってきた。

「よ、よ、ご両人、お待ちしておりました。徳さん生三つお願いしますよ」

すでに刺身の盛り合わせがテーブルの真ん中にでん、と置かれている。細野はこうした席になれていないのか、緊張した顔をしている。城門はニコニコしてビールをぐいと一口飲んだ。ゆったりした表情でこの場の雰囲気を楽しんでいる様子だ。

すると昨日、世田谷カフェで見かけた女がカウンターでワインを飲んでいるのに城門が気付いた。彼女のオーラと色気がこちらに伝わってくる。修羅場をくぐり抜け、肝の座った女に見えた。このマンションに住んでいるのなら独身に違いない、と城門は思った。

いままで緊張をしていた細野がビールが回ってきたせいか、ぽつぽつと話始めた。

「ぼくは小学生の頃から絵がうまいと言われてきました。昨日『少年ステップ』の担当者に会ったとき言われました。確かにきみは絵がうまい。けれどもキャラクターに魅力が無い。売れてる漫画は、誰が見ても、この作品は誰々先生のマンガだ、と一目で解る。絵がうまいしキャラクターが魅力的だ。この人物の性格や育った環境、それに女性の好みまで感じられるように描いてある。きみの絵からはそれが感じられない。ぼくは黙って聞くしかありませんでした。第二回のラフはなんとか通りましたが、まだまだ勉強することがいっぱいあります」

城門万太郎は黙って聞いていたが、

「私は絵が下手だったなぁ。昨日話した漫画家たちは絵がうまかったし、どんどん売れていった。私は何で売れないんだろう。一時期かなり悩んだ。しばらくして絵が駄目ならアイデアで勝負しようと考えた。とにかく笑ってもらえる漫画を描いた。ところが下手でも描き続けていると味が出てきた。ある編集者が私の作品を見つけて、城門先生、この漫画を絵のうまい先生が描いたら面白くないと思うんです。へタウマというやつで下手だから面白いんです、と言ってくれたんだ。あきらめないで描いてて良かったと思ったよ」

　やきとりを食べていた五平が話に入ってきた。

「しかし何ですなぁ、漫画と落語は似てるところがありますなぁ。漫画は作者がひとりでキャラクターを考え、物語りを考え、演技指導もしいの大道具、小道具まで考えて描かなきゃいかんでしょ。落語家は舞台に上がって話を始めたら登場人物を全部ひとりでやりますわな。大道具も小道具も扇子と手拭で表現しなければ芸がなりたたんのです」

　カウンターにいた謎の女性のメガネがキラッと光ってこちらを見つめた。五平がそれに気付いて
「よっ、待ってました」

　と受けた。

「よかったら、こちらへいらっしゃいませんか？」

と城門が誘うと
「よろしいかしら」

「どうぞ、どうぞ。お互い、他人同士のひとり同士ですから」

女はワイングラスを持って、座敷に上がり五平の隣に座った。

「ごめんなさい。入り込んでしまって」

四人で改めて乾杯をした。城門が酔った勢いで話かけた。

「私は漫画家ですから、いままで数千人の似顔絵を描いております。そのうち顔を拝見しただけで、その人の生き方、性格まで大体解るようになりました」

「そう、私はどんな風に見られているのかしら。聞きたいわ」

「うーむ、メガネの奥の瞳、かなりの知性を感じます。東京大学か京都大学出身、短めの髪は活動的な人とお見受けします。唇も良いですね。知性と情熱が同居している。男にとって、ちょっと近寄りがたい感じがありますね。しかし、それを突破していった男とはかなり情熱的に崩れていきそう」

女は謎めいたほほ笑みをみせて聞いていたが、

「ふふふー」

と笑って突然
「ウファ、ハッハッハハハハッハッハツハ」

と大声で笑い出した。

「失礼しました。こんなに笑ったのは私初めて。ゴメンナサイ。あまりに楽しかったものですから。申し遅れましたが私A棟五〇八に住んでいる立花由香利と申します。城門さんがおっしゃった通り、恥ずかしながら東京大学を出ております。そしてある貿易会社に勤務しております。一五年程務めておりまして、現在営業担当部長として世界を飛び回っております。広いマンションを借りても、ほとんど家にいることが少ないものですから、この世田谷マンションが手頃だと思い借りました。昨日、ちょうど会社から一ヵ月の長期休暇を頂いたものですから会社や得意先の人以外の方と知り合うのもいいかなぁ、なんて思いまして。でも本当に良かった。こんなに面白い先生方とお会い出来て嬉しかったです。時々、こういう機会を作っていただくと嬉しいです」

噺屋五平が拍手をすると城門万太郎と細野純一もそれに合わせて拍手をし、この会は大いに盛り上がった。

二、三日が過ぎ、立花由香利は部屋も片付いたので、ふらっと世田谷カフェに顔を出してみた。隅のテーブルで細野がケント紙を広げ漫画用黒インクとGペンでマンガの墨入れをしていた。
「おじゃまかしら」

と由香利が声をかけると、細野は振り向いた。突然、由香利が立っているので、細野はびっくりしながらも顔を赤くしながら隣の椅子を勧めた。

「ごめんなさいね、お仕事中」

「いいえ、とんでもありません。ぼくは嬉しいです」

「私、漫画のことは良く解りませんが、細野さんのように人生経験が少ない若い人にとってはストーリーを組み立てる場合、なかなか大変な苦労がいると思うの」

「はい、立花さんは良く解っていらっしゃると思います」

「編集者の方が若い漫画家に対して厳しくダメ出しをするのは、それだと思うわけ。つまり、編集者は漫画のプロで毎日仕事として漫画を見ていると思うの。だから新人の作品の欠点が良く解るのよ」

「その通りだと思います」

「それに編集者の何十年かは解らないけど人生経験で作品を見ている。つまり若い作者と編集者の二人で作品を作っていくと私には思えるの。だからそれが当たれば、編集者の大きな喜びになるのよ」

「ありがとうございます。理解者が立花さんでとても嬉しい。ぼくの悩みは人生経験の少なさだと思うんです」

「じゃあ、聞くけど、怒らないでね。細野さん、あなた、女を抱いたことある？」

「……」

「お金が無くて食事もとらなかったことある？　それと重い病気にかかって、もう死ぬかも知れない、という経験ある？　人に裏切られたことは？」

「平々凡々と暮らしてきましたし、甘やかされ苦しい経験はほとんど無いんです」

「だから作品に深みが出てこないかもしれないね」

「立花さんはお金もあるし頭も良いし、美人だし男の人にモテるでしょうね」

「そうね、自慢じゃないけど、いろんな男が寄ってくるわ。世界を飛び回っているから、イタリア人やフランス人は強引に迫ってきたこともあったわ。でも私は結婚に不向きな女なの。それは自分でも良く解っているわ。この仕事をやっている限り無理だと思う」

「ぼくは意気地なしだし、草食系だから、いままで彼女も出来なかった。このままだと、ずっと独身で女を知らずに死んでいくのかも知れない、と思ってぞっとすることがあります」

「じゃあ、私の体を自由にしていいわよって言ったら、細野さん、私を抱くことが出来る？」

細野の顔はみるみる真っ赤に染まった。

そこへ城門が現れて、

「どうしたんですか細野さん、お酒でも飲みましたか」

と声をかけた。細野はテーブルに広げてあった道具類をあわてて片付けると
「すみません、用事がありますので」

と姿を消した。城門は
「どうしたんでしょうね」

と言うと、

「私がちょっとからかったものですから」

と由香利は恥ずかしそうに、微妙な笑いを浮かべた。

城門は由香利と同じテーブルにいったん座り

「私、コーヒーを頼みますが、立花さんも、もう一杯いかがですか」

「そうですね、大人同士でちょっとお話もしたいし。城門さんがどうして漫画家になったかも知りたいし」

城門は席を立ち、お盆の上にコーヒーを二個乗っけ再びテーブルに落ち付いた。

「私が漫画を描き始めたのは戦後間もなくの頃で、第一漫画ブームが起きました。全国に漫画を描き始めた若者は数千人いたと思いますが、その頃各地方新聞社で読者の漫画を募集し始めたんです。もちろん、アサヒグラフを始め、雑誌、週刊誌でも漫画を募集していましたし、『新潟日報』などは全国から漫画を募集しました。朝日・毎日・読売・サンケイなどの全国紙には一流の漫画家が一コマの政治漫画を載せていましたし、各紙とも四コマ漫画を載せていました。『フクちゃん』『サザエさん』などです。才能ある漫画家が続々上京して漫画を描き始めました。そのうちの優秀な人々が集まって漫画集団を結成しました。読売で政治漫画を描いていた近藤日出造氏が漫画家は孤独な仕事だから時々集まって、酒でも酌み交わそうではな

いか、と全国で活躍している漫画家に声をかけて一九六四年頃、日本漫画家協会というものを作ったんです。それは現在も続いています」

「城門さんは凄い時代をくぐり抜けてきたんですね。いまブームになっている劇画とか少年、少女漫画はどうなんですか？」

「これは手塚治虫という天才漫画家がデビューしたときに始まって、世間があっと驚いた。『のらくろ』や『サザエさん』の絵は舞台の上で役者が演じているような平面的なものに対して手塚の作品は映画のようだった。上空から撮影したような絵もありアップした絵もあり、あらゆる手法を使ってストーリーを進めていくんだ。それに刺激されて漫画家になった人は数多い。それに彼は未来を予測した漫画を数多く描いているし、本人が医学博士でもあるからブラックジャックのような作品も生み出している。いま活躍している漫画家のほとんどは手塚の影響を受けている、と言っても良いと思う」

「城門さんも活躍なさったんでしょう」

「とんでもありません。現在活躍中の一流の漫画家は実力と強運に恵まれ、アシスタントを何人も使って忙しい日々を送っています。私のように売れなかった漫画家はごまんとおります。言い訳するようですが、才能が無かったことと、運が悪かったこと、精神力や体力が無かった。僅かな金も無かったということもあるでしょう。これはみな言い逃れです。売れないからといって漫画家をやめようとしても、肉体労働は向かないし、サラリーマンも出来ない。まして他人に頭を下げて商売することも出来ない。挫折したまま年をとっていくという情けない人生を送っていくんです。考えてみると売れない芸人もそうですね。おっと、言っちゃ悪いが売れない芸人の噺屋五平さんが見えましたよ」

するといった五平が

「よ、よ、ご両人、仲良くおデートですか。わっしが入ったらご迷惑？」

「何を言っているんですか。あなたも飲み物を買ってきて参加したら？いまね、売れない芸人の話をしているの」

「そりゃひどいね、由香利さん」

と言いながら五平はカウンターに向かい、やがてアイスクリームを三個持ってきた。

「恥ずかしながら、わっしのおごりですよ。わっしはこう見えてもお金持ちなんですよ、えぇ。着物は五枚ありますし、背広も三着持っているんですよ。手拭は四枚、扇子も三本ありますしねぇ」

「それは大変なお金持ちねぇ」

と二人は大笑いをした。

「ところで金持ちの五平師匠はおいくつなの」

「厄年になっちゃいました。立花さんは?」

「女に年を聞くの?隠してもしょうがないから言うけど、師匠の二つ下よ」

「そうですか。美人だし頭脳明晰だし、外国で何度も修羅場をくぐってきたし、怖いものはありませんね」

「あるわよ。これから年齢を重ねていくのが正直怖い。結婚には向いていないし、金を持っていても、いざとなれば役に立たないこと位、なんとなく解る」

「わっしなんか金は無いし、芸も無い。病気になれば、どうしようもないですよ」

「もしもですよ。仮に私たち結婚したらどうなると思う?」

「そうですねぇ、結婚したらケンカばかりすると思いますよ。あっても無くてもいいわっしのプライドはずたずたとなり、たぶん自殺したくなるでしょうね」

「私は会社や友人から、何であんな教養のない男と結婚したんでしょうね、お金目当ての男に引っ掛かったのよ、と言われるんでしょうね」

「ひどい言い方をケロッと言いますね。これではケンカが絶えませんね。でもあなたといると楽しいですね」

「私もそう思う。退屈しないし、いつも笑って暮らせると思う」

その日は笑って三人は別れた。

由香利の休暇は残り一〇日ばかりとなった。休暇が明けるとヨーロッパ出張が決まっているという。城門も五平も細野も、ひょんなことから素敵な女の人と仲良くなれたのに、もう少しで会えなくなるのは残念で寂しくなるなと思った。そこでミニお別れパーティーをしたい、という各人の思いが一致して、出立の一週間前に「居酒屋天下」でパーティーをすることが決まった。主人の徳さんに相談すると
「そりゃ残念だなぁ、パーティー開くことはパーティーは喜んでお引き受けするよ。この腕にかけて美味しいものを作るよ」

と畳敷きの個室を予約することが出来た。

そして当日の午後六時、四人は集まった。

「今夜はとっても嬉しいわ、みなさん、ありがとう。かんぱいー」

ちょっと寂しいが楽しく彼女を送り出そうとみんなで酒を酌み交わした。

宴会のお金は私に持たせて、と由香利が言ったので、「それはないですよ」と一応言ってはみたが結局、彼女にごちそうになることになった。

徳さんが豪華な料理を次々に出すし酒もどんどん持ってくるので、全員ぐずぐず

に酔った。

　細野が少しどもりながら
「ぼくは由香利さんみたいな知性があって、かっこいい女性と結婚したいなぁ」

「なにを言っているんだ、この若造が」

　と城門がからんでくる。由香利が
「嬉しいけど、私は細野さんの一回りも年が上よ。二〇年か三〇年たったらおばあさんになって、私捨てられると思うわ」

「ざまぁみろ。漫画家は厳しいんだぞ。解っているのか、この野郎」

　城門もかなり酔ったみたいだ。しばらくぶつぶつ言っていたかと思ったら
「私もねぇ、由香利さんが好きなんだ。短い年月でもいいから一緒にいたいなぁ」

「まぁ、城門さんまで。結婚したら私は介護ばかりの毎日を送るようになると思うわ。ちょっと、かんべんしてもらいたいわよ」

　五平と由香利は酒が強い。二人とも酔ったふりをしているが、それ程でもない。

由香利が
「五平師匠、あなたは黙っているけど私のこと、どう思っているの」

「そりゃあ、好きですよ。大好きです。でも、月とすっぽん、だからなあ」

「そう、分かってりゃ、いいのよ」

お開きにしよう、ということで、由香利が勘定を済ませた。

外に出ると、城門と細野は肩を組んでふらふらとA棟の方に歩いている。五平が月を眺めていると、由香利が近づいてきて
「師匠、ちょっと相談があるんだけど、明日の夜、空いてる?」

「空いてますとも、命がけで、空かせますよ」

「じゃあ、明日の夜七時、私の部屋A棟の五〇八で待ってるわ」

翌日の七時、五平が五〇八のドアをノックすると、着物姿の由香利が待っていた。中に入るといい匂いがして、調度品はヨーロッパ調の品のあるものばかり。五平は

縦縞の着物に角帯をぴしっと締めて、手拭と扇子を持っている。

「まず、特上のワインで乾杯しましょう」

和洋折衷のような雰囲気であったが、二人ともくつろいだ気分になってきた。五平が
「ご相談て、なんです?」

「昨夜、四人でいろいろお話をしたけど、将来のことを考えると寂しいのよ。お金はあっても幸せとは限りないし、五平師匠が、よろしければ結婚したいの。もちろん籍は入れたくないの。ただ夫婦のまねごとをしたいの。まぁ、契約結婚ね。私は海外が多いから、帰ってきたときに、五平師匠がいて、おかえりなさい、と言ってくれて部屋に入って、きちんと片付いていれば、安心出来るの」

「そりゃ、わっしにとっては願ったり叶ったりで。掃除、洗濯、料理はおまかせください。わっしが前座の頃は、師匠の家で毎日家事の修行を積んできましたから。それはおまかせください」

「それから、これが一番大事なことだけど。二人が抱き合ったときにお互いの肌が合うかどうかなの。そのとき、どちらかがジンマシンが出たら、この話は無しよ」

部屋着に着替えた由香利がベッドに入ると、もぞもぞしていたがポイと部屋着を投げた。裸で待っているらしい。五平も帯を解き着物を脱ぎ捨てるとベッドに入った。

由香利の胸を静かに触れると、五平の好みの大きさで柔らかさも素晴らしかった。

やがて二人はぴたっと体を合わせた。

「気持ちいいですね」

「私も。安らかな気持ちとドキドキする気持ちが同居しているの。こうしていると、男と女って半人前なのね、こうして一体になると初めて一人前の人間になった気がするわ」

「肌が合う、というテストも合格ですね」

合体すると二人は野獣のような叫びをあげた。

二人は着替えると、ふかふかした椅子に腰をおろし向き合った。

「由香利さん、わっしはこれから心を入れ替えて落語家になります。林家一門に入門させていただき、林屋五平と名乗りたいと考えております。噺屋五平が林家五平に生まれ変わります。きっと真打になります。それまで頑張ります」

「そう私も嬉しいわ。この部屋の合鍵を作っておいたから自由に出入りして結構よ。でも、他の人は入れちゃダメよ。この部屋の雰囲気を壊したくないの」

由香利がヨーロッパに発つ前夜、「居酒屋天下」に四人は再び集まった。

「城門さん、細野さんゴメンネ。私と五平師匠は結婚はしないけど同棲することにしたの」

二人はエッと言うと、びっくりして他に何も言えなくなってしまった。

「二週間程で帰って来ますから、そのときは、いままで通り付き合ってくださいね。お願いします」

と由香利はていねいに頭を下げた。五平もはにかむような微妙な表情で、同じく頭を下げた。

翌朝早く、彼女はきりっとした表情でヨーロッパへ旅立った。

著者略歴

ややま　ひろし〈屋山　弘〉

昭和8年（1933）7月2日、福島市生まれ。県立福島商業高校卒。昭和27年（1952）（株）中合（百貨店）入社、企画宣伝課長を経て昭和50年（1975）退社、独立。

（株）イベンター代表取締役就任（宝石貴金属・アクセサリー・雑貨の店）。平成9年（1997）解散。執筆、講演活動に

日本漫画家協会参与
福島民友新聞社「民友マンガ大賞」審査委員長
福島県塙町「はなわ漫画グランプリ」審査委員長（全国対象）
うつくしま芸人会顧問
福島ペンクラブ会員

著書『福島の歴史は面白い』　『福島を面白くした50人』
『福島の20世紀』　『福島の社長さん』全3巻
『百年の商魂』　『信達三十三観音膝栗毛』
『福島の方言』　『大霊界で12人にインタビュー』
今回も含めて20冊刊行

縄文人と生きる

2016年2月12日第1刷発行

著　者　ややま　ひろし

発行者　阿部　隆一

発行所　歴史春秋出版株式会社
〒965-0842
福島県会津若松市門田町中野
TEL　0242-26-6567
http://www.knpgateway.co.jp/knp/rekishun/
e-mail　rekishun@knpgateway.co.jp

印刷所　北日本印刷株式会社